U0685531

且去游吟

千百里◎著

吉林出版集团股份有限公司

图书在版编目（CIP）数据

且去游吟 / 千百里著 . — 长春：吉林出版集团股
份有限公司，2020.04

ISBN 978-7-5581-8305-8

Ⅰ . ①且… Ⅱ . ①千… Ⅲ . ①诗集－中国－当代
Ⅳ . ① I227

中国版本图书馆CIP数据核字(2020)第047536号

且去游吟

著　　者	千百里
责任编辑	齐　琳　姚利福
责任校对	周　骁
封面设计	十　行
开　　本	880mm×1230mm　1/32
字　　数	113千字
印　　张	6.25
版　　次	2020年4月第1版
印　　次	2020年4月第1次印刷

出　　版	吉林出版集团股份有限公司
电　　话	总编办：010-63109269
	发行部：010-85173824
印　　刷	河北盛世彩捷印刷有限公司

ISBN 978-7-5581-8305-8　　　定价：46.00 元

序言

　　我只是一个来自远方的小学体育老师。

　　一个为梦想而坚持不懈努力的人，一个内心茫然不定却想激励自己改变人生的人。但现实却常常是失败的，因此内心困顿郁闷，只好将业余爱好当作一种志趣来坚持，聊以自慰，略表心志。

　　而这不经意间的坚持，一回首就是十八年了。

　　如今提笔下书，胸中情绪感慨万千。

　　大学毕业后，我回到家乡成为一名小学体育老师。那段时间，我总是担心自己就只能这样当一辈子老师，每天淹没于生活俗事，只为生计而奔忙，内心甚是彷徨。我总觉得应该想方设法地改变自己，去经历更广阔的世界，唯此才不辜负大好韶光。于是，我为了改变自己，选择考研究生。我深知自己的学习能力较差，尤其英语更是没有什么基础。但我决定给自己四年时间，为了学习，我也算竭尽所能了。除了上课，我几乎放弃了所有的娱乐与爱好，夜晚常常奋斗到凌晨一点钟，而早上五点钟又起床奋读，连租住在隔壁的邻居都觉得不可思议。我当时认为这是唯一能改变人生的机会，也相信自己能够考上。可惜虽然用功至此，却以失败告终。对于这个结果，我有心理准备，没有心灰意冷，而是平静接受。现在回想起那段星夜赶路、挤公交车去考试的日子，在大学校园里见到拉着行李箱的大学生们，自己也曾有着跟他们一样的时光，意气风发，美好青春年华，想想都令人怦然心动。

在家乡当教师的日子，一晃就过去了四五年，许多问题都变得现实起来。身边一起回来的同事，大多陆续结婚生孩子；而我还时时刻刻地为自己的前程思量着。我也曾想放弃教师这份平淡的工作，到外面去闯一闯，希望用十五年，甚至二十年的时间，来奋斗，来改变自己，却每每因故不能成行。

那几年连续考试，让我感到很辛苦，想先让自己静下来潜心读两年书，沉淀一下心情，再到外面找别的工作。这两年是我人生中最快乐的一段时光，闲时就读书，轻松自在。有一天看书时突然想到，可不可以精选自己的诗作成册，权且当作对青春、对当时所思所感的记录，以及对青春年华的一种纪念？

一时兴起，开始着手做这件事。随着写的诗歌越来越多，觉得应该为诗集取一个恰如其分的书名。几经思量，将这本诗集定名为"且去游吟"，取笔名"千百里"，意思是说自己还要走很远的路，去很远的地方。其实，我心里早有打算，就算到外面做别的工作，也不会放弃阅读的习惯，会在工作之余坚持阅读，坚持自己的业余爱好。2016年年初，我终于下定决心辞职，辞职书都提交给学校领导了，因为一些事情又耽搁下来。暑假时，我进行了一次长途旅行，途经四川、陕西、安徽，以及湖南凤凰。回来后经过慎重思考，觉得自己应该潜心读书，把写作诗歌当作一种爱好坚持下来，利用假期出去旅行，开阔眼界。之所以这样，是因为我实在找不到其他出路了。

我只好把时间和精力都花在自己所喜欢的事情上。每天下午放学后，我都赶忙骑车回家，先学习一个小时，再去参加体育运动。周末吃完早餐后，开始读书；中午午休一会儿，起来读书；下午运动回来，晚上继续读书。这样的日子，自从我放弃考研之后，就坚持了下来。

但我把写诗当作一个目标确立起来，是2016年暑假旅行回来以后的事情，现在的大部分诗歌也是这两年写下来的。我开始有意识地抓住这种感觉，并记录下来。这种感觉是稍纵即逝的，灵感迸发时洋洋洒洒，一气呵成，表达得特别清楚、流畅、完整。当然也有当时无法完成的，就把这种灵感先记录下来，然后回去再创作完成。我几乎把诗歌都写在手机备忘录里，在手机上修改完成，放一段时间冷处理，再进行检查，然后抄回笔记本上。

我时常陷入思考，如未来的人生道路，现在应该做些什么……有时思考入迷了，会不自觉地比画着，同事们百思不得其解，我又不能把其中的缘故说出来，所以很尴尬。同事们都觉得我是一个怪人，我也常常是同事们开玩笑的对象，我索性笑着承认自己就是他们所说的那样的人，这样可以减少一些无所谓的争辩吧。有时与同事们聊天，我说的话显得突兀、特别，别人就怼我："你看那么多书有什么用，还不是跟我一样在雷州当老师吗？你还有什么能耐啊？"我常常愣住了，赔着笑，什么也说不出来。平时我一个人在家看书，看得太疲倦了，就骑着电动车到雷州一中新校区，或者到实验中学，去看看那些年轻的学子，青春活泼，朝气蓬勃，自己也曾经有着跟他们一样的年华，可一转眼就到了现在。人活在世上又是为了什么呢？难道只是像大多数人一样活着，娶妻生子，赚钱过日子，了此一生吗？难道人生就没有自己所要坚持的志趣与追求吗？难道人生就没有自己所要坚持的人生道路吗？有时我也觉得庆幸，虽然形单影只，孤独一人，但还能做自己喜欢做的事情。有时，我一个人到郊外田野间凝思静立，到火车站看来往的火车，看为梦想远走他乡的人们，经历另一种人生与生活。

　　历史大浪淘沙，千百年来的人们去了哪里？大多数人的生命归于虚无，但有些人流芳百世，彪炳史册，如今读来依旧令人心潮澎湃，激励后人——人生一世，生当如此！鲁迅先生说，中国自古以来就有为民请命的人，舍身求法的人，埋头苦干的人，这些人都是民族的脊梁。我们虽然平凡，但也应该激励自己，努力求索无悔人生。我常常把这样的话拿来跟身边的人说，换来的是别人的不理解和嘲笑。

　　有一回同事集餐，席间大家都聊得很欢快，我突然说到慧能六祖，同事们一阵哄堂大笑，我心中的落寞可想而知。我的所思所想哪里能够说出来与人分享，只能默默磨砺自己罢了。我之所以没有像大多数人那样生活，是因为心中还有坚持的事情。我总是告诉自己，要一以贯之地坚持自我，尽管前路渺茫，但是慢慢来，不要着急，未来很长，一切可期。

　　有时，我一个人在田野郊外伫立到傍晚，一个人骑着车从暮色秋风中归来，夹杂着细雨的秋风吹在脸上，冰冷的雨滴令我清醒。我抬头望向满街的霓虹灯光，往来行人川流不息，自己却形单影只，一副跌跌撞撞、失魂落魄的样子，不知不觉之间泪水就模糊了眼睛。像我这样的人，真不知道为何而生啊！回到家里，在灯光下看着自己那本写满了诗歌的厚厚的笔记本，心中沉甸甸的，手指抚摸着它，却什么也说不出来。我身边的那些大人物们，总是一副志满意得的样子教育我，好像我所有的失败都印证了他们的准确判断，好像我这样的人只能如此了。我总是默然地站在那里，听着大人物高谈阔论，周围的人附和奉承。我心中又隐隐地想起自己所写下的诗歌，恍恍惚惚地不知道还能有何作为。心中的话压抑得久了，不知跟谁诉说，就不知不觉地转化到诗歌中来。我希望有一天人们能够了解我是一个怎么样的人。

有时我站在人群中怅然若失，望着远方静静地发呆，以排遣心中的苦闷；有时我骑着电动车，唏嘘感慨，悲伤不能自已；有时我静坐在房间里，思绪万千；有时我觉得自己放荡不羁，累陷枷锁。

旷阔啊，寥寥如海；长风过处啊，无痕无迹；我心中的事情啊，只有自己知道。

当我面临困扰时，总会想到那些名人事迹来安抚自己。那些名垂青史的人物，尚且要历经挫折磨难才能有所作为，何况我们这些平凡的人呢！所以我在别人眼中，总是一副平静如水的样子。

平平流水啊，何有波澜；孤孤飞鸟啊，其鸣又如何；不愿随波逐流的人啊，忍受孤独与嘲笑。

我平时是没有机会跟别人说这样的话的，今天提笔下书，话语就像决堤的洪水般滔滔不绝。我不惜蒙羞而呈出自己拙劣的作品，真是瞻前顾后，内心若有所失啊。

　　我开始接触诗歌时，是2001年，高二第一学期。有一次在中学生读物上偶然读到普希金诗歌，我反复吟诵，觉得它简洁而优美，深深表达了人的一种情感。文章中说"普希金是俄罗斯诗歌不落的太阳"，我内心感到深深的震撼并为之着迷。有一种巨大的力量吸引着我，让我觉得自己一定要拥有这本诗歌。下午放学后，我就跑去书店。现在我依然记得，那个身材消瘦，戴着金丝边眼镜，文质彬彬的书店老板，拿着手机用粤语询问别人，那时候手机还是稀缺物，我也是第一次听到别人用粤语说的《普希金诗选》，但书店老板给了我一个否定的回答。我只好悻悻地跑回来，之后一直挂念着这本书。直到放寒假，过了新年，我一直都在心里碎碎念，第一次为一本书牵肠挂肚，这种感觉至今记忆犹新。那时总想看看它是什么样子，诗歌说了什么样内容，如何抒情；如果买到了，我一定要好好地、细细地研读它。第二学期开学，我终于打听到有一位同学要去雷州城区，我就托他在雷州购书中心买回来，如今这本《普希金诗选》，依旧放在我的案头，直到现在我一共读了四遍。后来，这种兴趣爱好变得越来越热烈，我的阅读范围也越来越广，但诗歌始终是坚持不变的中心。在高中时，我给自己定了一个目标，就是到大学里一定要大量阅读自己喜欢的书籍；经过几番挣扎终于考上大学后，我真的阅读了大量的书籍，这对我大有裨益。只是，读的书越多，就越感觉孤独，但也越能感受到生活中不一样的地方，对人生的态度与追求也有所不同了。

我常常担心别人说我附庸风雅，故不敢与人言自己在写诗歌。唯有一年寒假，我无意间跟堂妹聊起诗歌，并让她看了我的诗作。堂妹说，希望我以后出版一本诗集，成为家里第一个作家。

2017年暑假，我用了五十天时间游历七省市，从西藏、青海、甘肃、北京、江苏、浙江，到江西。这是我筹措已久的计划，我深知旅行对一个人的重要性，尤其是长途旅行，这绝对不是书本知识所能够给予的，也绝对不是其他事情所能够比拟的。这次长途旅行回来以后，我的心情更加平静了，也更加坚定了自己的信念。

这几年的假期，我走过祖国的大好河山，亲身体会到祖国的幅员辽阔，及山川江河之秀美，风俗人情之差异，感受到世界之广博，人生之渺小。光阴易逝，而时不再来。我虽然不够聪明，但也应该砥砺前行。

一个来自远方的年轻人，只有鞭策自己不断地努力，以求不悔于心吧。

千百里　雷州

目 录

Contents

离别

又到烟雨迷漫的季节

江南花草蛮长而迷茫

停留在枯枝上最后的雨滴

也曾令人心碎

在这个多事之秋，注定要离别

是夜莺在哭泣，还是杜宇催人归去

牵手却是离别

你默然地低下头

我转过身去，潸然泪下

烟雨凤凰

（凤凰古城）

你打伞轻轻走过的桥

乌篷船轻轻地摆渡

烟雨的城

江水默默地流淌

你在等待

一个恍如隔世的眼神

任随容颜如花寂寞

只为风雨桥边他的来临

岩鹰已飞去那看不见的远方

荒山已长出白苍苍的胡须①

等一城烟雨

渡一世情缘

———————

① 此两句为《边城》舞台剧台词。

漓江离歌

薄雾轻笼早春漓江
　　柔柔的碧波在轻轻荡漾
清晨的静谧里，远处轻烟
　　在隐隐青山里轻轻缭绕
静静空旷的江面
　　沉浸在一片柔和静谧之中

我闭目独坐船头
　　感受青山绿水从我身边流过
船夫轻轻地摇橹
　　漾漾的水声响在心头
你的歌声从隐隐的青山
　　轻轻地传来，轻轻地在江上荡漾

姑娘啊，我想着你娇美的面容
　　躲在桃花背后，为谁唱起

这忧伤悠扬的歌声，歌声里
　　　诉说时光悠悠与相思之苦
你是歌者，或是离人，这歌声
　　　在这漓江早春时节，勾引少年情

我是孤独漂泊的路人啊
　　　让我来背负你的歌声漂泊
徒增多情少年的忧伤，或是
　　　在旅馆，黄昏时节
或是在临江阁楼，细雨孤灯
　　　定又会使人想起

这歌声唱出少年的忧伤
　　　唱出旅人的寂寞
唱出千古幽幽之情，谁来抚慰
　　　我这个孤独漂泊的人
在这亘古不变的岁月里
在这寂寞的早春漓江

雷二中，见一教师扶撑病孱父亲散步有感

小时候，你常拉着我的手，在花丛间散步
而现在，我又拉着你的手，走在花丛间

你教会我做人的道理
岁月也染白了你的双鬓
我终于理解你的拳拳之心

如今你已是垂暮苍苍的老人
温恭地听着我的诉说
正如小孩时我聆听你的教诲
执子之手，与子偕老

你的步伐已经变得踉跄
正如幼年时我撑着你的手学步
我要用我的耐心来比拼你的细心

执子之手，与子偕老

你的手已经布满沟壑
而我的手正是柔嫩
用什么来表达我的感激之情
执子之手，与子偕老

你的前半生我无法来相伴
你的后半生我承诺奉陪到底
用什么来表达我的感激之情
执子之手，与子偕老

一路有你

你温柔的眼神是我一辈子的眷恋

谢谢你不辞劳苦一路的陪伴

是你收留了疲惫的旅人

你用温柔抚慰我一路的辛酸

驱赶我内心孤独与悲伤

原谅我在世俗眼光中的一事无成

我孤独的漂泊是四海浪子的心

我怕一生的光阴走不尽天涯的春秋

逝去的青春只留下对时光的感叹

还有远去的亲人与少年

你用温柔的眼神坚强我内心的无助

谢谢你一路的宽容与守护

静静的崇山，葱郁的树林

宽阔的海洋，青青的草原

诉说着时光的沧桑与人世的短暂

我无悔我一生的抉择

一无所有的日子与少年的放浪

你的温柔我要用一生来体会

谢谢你，爱人

你理解我漂泊浪子的心

你理解我的囊中羞涩

你理解我心中的春秋与天地

我从不需向别人诉说

因为一路有你

小流

最是初春时节

小雨如酥

烟雾凄迷的早晨

你轻轻吟笑而过

沉醉三月春风

我愿化作一泓小流

伴随你身边，走走停停

陪你看一路风景

一路灿烂

愿没有犹豫

没有告别

没有遥遥无望的期盼

愿执子不悔，白首不分离

春风细

春天来了
拥你入怀
任繁花漫飞

三声鸟语
四声虫鸣
五六蝴蝶花间绕
与君话过
一生一世一双人

正年少

炊烟起

三月的春风吹遍校园

我迷醉的心就像

闻花扑打的蝴蝶

又不要说生活的单调无聊

在充满友情的季节里

你的音容笑貌依旧

我满腔的热情

在秋水落日间涨满情思

也不要问起关于生活的音讯

关于过去与未来的事情

伫立在烟雨弥漫的季节

任凭欢笑与眼泪纷飞

秋思

曾经许给你的诺言

多少已经断送秋风里

如今孤单的漂泊

不问身在何处

多年不回的庭院

也应有花开

不知你闻到香味否

小时你常来

手捧黄花

落在童年的记忆里

片刻语言已扰乱破碎的心

往昔飘远的事

我还曾回忆

且去
游吟

鲜花也未曾改变

而如今秋风缥缈

一曲《东风破》

感动自己

云雀在屋顶叫个不停

窗外一如既往地喧闹

刚打扫过房间，干干净净

我一个人在读诗

多少年了

我一个人这样生活

没有朋友，没钱，没有爱情

除了梦想，一无所有

仅有的那么一点儿工资，也要攒下来

到暑假去做长途远足

平时我最爱到田野边去

看看飞鸟与劳作的人们

我都能把自己感动得落泪

我也相信未来总是会好起来的

因为有一种信念总在支撑着我

乌镇西栅时，木心在读诗

阳朔送友人离别后

漓江水日夜的流

淫雨霏霏的春早

送走朋友

城就空了

静悄悄的青旅

轻音乐在慢摇

天寒客少

炉火不暖

门前花色暗

偶见也是离人悄悄

索然无味

登楼望远

山无彩，人无意

明朝算计归途

致朋友们

从西藏到杭州

从丽江到蜀地

我在细雨的春早徒步过漓江

在农人的屋檐下避过雨滴

摘食过路边的橙子

在异乡向友人分享过

我最美好的祝愿

在灯火宁静的时刻

在屋里读诗读史读哲学

在原野间流连忘返

我也一无所有

但我始终没有随波逐流

在世俗里

我忙碌的朋友们

我不在乎别人的冷眼与谣言

也不羡慕所谓的安逸自足

我以自己的方式平静地生活

是对世俗最好的抗击

我所读过的书，所行过的路

以及为理想所默默坚持的努力

有一天终会成为一座丰碑

让人们明白生活的另一种可能

岁月

看孩童嬉戏
春花秋月去了

岁月在脸上留下的痕迹
无声无息

忆从前
你只爱吟笑

岁月无声
静如流水

林间果子落
山是主人，人是客

木棉花开

少年不知愁，年年拈墙花
笑脸迎春风，世事转流水

行云流水的时光
是少年苍翠的心
绿树生花的欢笑
是那无意少年时

年少不经事
不知思念苦
蓦然回首
物是人非时光远

你无声地离开
我日月地等待
岁月在悄悄地流去
你来时，木棉花开

晚风

从南面吹来的风，吹过山冈

送来阵阵清香

在乡村宁静的夜晚

噪舌的青蛙还在叫喊

黑暗中偶然传来家犬的吠叫

江中渔火静静的闪亮

静悄悄的田野，静悄悄的村庄

正好消受这清凉的晚风

白天劳作的人们

此时已进入酣梦……

梦中也闻到稻花香

流浪

竹筏江中流
人在岸上走

思念若江水
绵绵不绝期

江湖风雨路
漂泊千里外

为何去流浪
寻找梦中的你
还有远方的颜色

往事如烟

时日如初，秋花明静

青春散场，我们在人海中走失

有几人实现最初的梦想

又会是谁人陪你走到最后

漫漫长路

良辰美愿都是离别后

如今又是秋风秋雨，日子平常

夕阳洒满的街道

最初的温暖我还记得

只是落叶飘零

往事如烟

原来

从不曾说出口的浪漫情话

从未曾演绎的浪漫的故事

都是为与你相遇而准备的吗

我在失望中度过太多的日与夜

在等待中暗暗流淌泪水

如何不辜负这般柔情

我在现实中拒绝迁就与附和

在人群中拒绝喧闹

我的坚持也成了另类

我推辞那么多的人

走那么远的路

原来是为了来这里见你

与君初相识

似是故人来

民谣

民谣是故事
是一段忧伤的故事

像清澈的小溪
缓缓在流淌
流在过去的岁月里
流在秋天里

民谣
是你最初的感动
是你最初的眼泪
流洒在爱人胸膛里

民谣
是你懂得孤独的开始

大学时光

那是一段青葱的岁月

记载一段难忘的故事

那是过目不忘的青春

纯如白纸的感情

那是飞扬的年华

无所顾忌的年代

那是充满爱

却不知道如何表达的时候

那是你最美丽的时刻

我却不知如何消受

我环顾左右

于是决定搭上一辆北上的列车

爱也是从那时开始

此情更待何时

此情已成追忆

我到哪儿找你

（赠大四毕业）

从今，我要到哪儿找你
茫茫人海

你一包卷好包袱
大家就各分东西

不是短期的旅行
短暂又可以重逢

不是短暂的思念
旋即又可以相见

干净而空荡的宿舍
再也不见熟悉的身影

相邀强笑到车站

从此天涯各一方

是欢笑是眼泪是爱是恨

曾经一起走过的日子

有一种失去叫作青春

有一种等待只能成为等待

有一种相聚叫作缘分

有一种重逢只能期待

从今，我们该如何述说情谊

我们该如何诉说思念

我们何时才会重逢

何时才会重逢

秋深了

秋深了
你在变化
长发及腰

秋深了
我想把我的心事告诉你
在心中思量那么久

秋深了
时光悠悠
我怕你来不及等待

在他乡亲爱的人
秋真的深了
时如水，人变淡

2017年皇马蝉联欧冠

布冯落寞的身影

加的夫灯火辉煌啊人声鼎沸

你是英雄与骄傲的象征

铁血尤文，欧洲骑士

你从来就没有失败过

但今晚的荣耀属于皇马

一个足球场上的贵族

你经历过大起大落

但你从来没有过凋零

在低潮时你总是平静接受

见过大世面的人

总是相信未来会好起来的

这就是贵族气质

齐祖，球场上能被称"祖"的举世一人

从我第一次看你踢球的那一天起

就再也没有人超越过你

你接手皇马于青黄不接时

如今你用平实与锋利的风格带领皇马蝉联欧冠

我远方的朋友们

你们好吗

为梦想远奔天涯的人们

你们好吗

皇马夺冠了，卫冕成功

这是欧冠改制以来第一支卫冕的球队

历史是用来被人们打破的

天亮了

我亲爱的朋友们

回南天

回南天
雾蒙蒙
二月东风弱

疏草向野绿
人立水渡头
江树生暖烟
古城有无间

拉萨离别

遍地油菜花

雪山流碧水

布宫与君见

笑言转世来

相携罗布林

相从走林芝

流连转珠市

檀香酥油茶

流水轻离别

乌云半拉萨

淅沥黄昏雨

不知离人苦

春花赠我一杯水

惨惨单衣贱，枯蓬不生色

春花不嫌弃，赠我一杯水

日来常无事，感念常流涕

蛟龙搁浅水，潜伏人未识

时来飞青天，名满天下知

朴拙自本心，长忆在心间

回家乡当教师十年有感

十年光阴弹指间

曾经少年不知愁

又逢秋雁悄然过

午后阳光似当年

花色未曾因时异

人有近事伤今时

江南秋色意未凋

蜻蜓犹停枝上头

大西北

黄土高坡

西北汉子

我是侠客

仗剑走天涯

西北汉子

黄土高坡

我是浪子

吟诗走天涯

西北汉子

黄土高坡

杀牛宰羊

且饮且歌狂

西北汉子

憨直的汉子

狂狂的歌吼对大风

清俊如我

水乡江南

少年与远方

我流浪在远方的街头

想起远方的你

故事还没有写完

你在梦里任我遐想

我看过千万种的风景

唯独没见你的容颜

我走过的地方都是故乡

想你的夜里让孤独更阑珊

我没有停止过流浪的足迹

也没有停止过对你的思念

远方有多远

我就要流浪多久

我走过的路

越来越像我梦中的路

唯有你

蓦然回首

你依然一直在我心中深藏

枫桥

那一年
我刚好路过你的客船
听到你的一声叹息
在江枫渔火的深秋里

如今我来
在川流的人群中伫立枫桥
再一次体味你的心跳
都是一无所有沦落人

江笛

寒

惊醒

沙洲月

涛声愁笛

点点渔灯火

龙头榜失姓氏

无计问前程

搜索枯肠

抱影眠

家乡

远

纳木错

高山雪域

美丽草原

等你来邂逅

高山明珠

纳木错湖

在最接近天的地方

你才能看到天的颜色

经幡在山上飘

纳木错在心中

远方

在脚下

少年红颜

古墙斑驳

不见当年人

窄巷里的游戏

风吹过的地

干干净净

时光从指尖间溜走

往事如烟

我沉吟而立

何之所有

往事如烟

我忧伤惆怅

何之所留

往事如烟

我泪水涟涟

何之能觅

往昔

晚风悠悠

如诉往事

一切过往

如烟如雾

如今的我

容颜如暮

回忆往事

滴滴忧愁

重上心头

年轻的我

纵酒高歌

怀抱美女

夜夜欢宵

醉不归宿

驱车郊外

亲近自然

心灵纯真

惹人欢爱

寻欢而不性坏

可如今

爱情已逝

美人无期

只留白发如我

在风中追忆往事

曾经的朋友

身在何处

可曾忆起我们曾经年少

是否在灯光下

与家人团聚

享受天伦之乐

曾经的朋友

可曾忆起我们曾经年少

可曾知道有我这样的一个朋友

如今像风中漂泊的蓬草

而送来声声问候

你可曾想起

晚风悠悠

如诉往事

回忆往昔

我泪水涟涟

苍老如我

心是少年

南边小城

南边有一个小小的城

小小的城里

有一个小小的你

小小的你骑着单车

整天走街串巷

电线杆与柏油路是你最深刻的记忆

小小的你总是想去远方

看看远方的风雨

闻闻远方的空气

大人们总是笑话你不安分守己

小小的城里

小小的你

总是憧憬着以后的生活

戴着墨镜，白色衣襟

开着敞篷轿车

浓密卷长发飘飘

你的名字就是一种荣耀

与亲朋好友们畅谈离别旧事

与老者言说日子安好

让年轻人明白梦想的意义

你回归离别多年的故乡

让乡亲们知道生活的另一种可能

你像风一样的年华

风一样的人生

小小的城里

有一个藏着梦的

小小的你

高速公路

伴着响彻云霄的音乐

追思我曾经逝去的年华

任凭车子在高速公路上奔驰

黑暗慢慢吞噬前方

车灯穿透的黑暗是我前进的方向

让人越发感到荒凉与孤独

我只身深入孤独境地，满怀悲凉

背后的花儿谢落一地

这是一条回不去的高速公路

驶向未知的前方

没有人能够预测到什么

在路上

孤独的我

只想踩尽油门

尽快驶出黑暗，可是前路永远没有尽头

这时我才隐约发觉到

景物向我身后飞越而去

岁月也如此

我只得抓紧方向盘，专注前方

一边追思我的来路

我是如何驶上高速公路

可是响彻的音乐炸乱我的思维

我发现后面比前路更黑暗

已没有选择，我只得提速

驶向一条没有回头的高速公路

人生也如此

重回初中校园

姑娘老了

老师头发花白了

曾经满脸凶气的一哥也慈祥了

围墙旁边的树，还是当年的树

枝叶还是当年的绿

阳光还是当年一样的强烈

当年顶着烈日

上街买毛巾的少年

当年觉得一切都是新鲜而又深刻的少年

当年下雨天

就跑去操场边看河水奔流的少年

当年暗暗喜欢那个坐在窗旁女生的少年

如今，姑娘老了

日子平庸了多少人的心

日子让多少满怀理想的年轻人

变成了大多数的普通人

日子还是日子

谁还是当年的少年

一如当年

在河边流连忘返

又月上西边

身后人寂寞

重走湛实中学生宿舍

我曾经走过的路

现在走得提心吊胆

我担心我找不到当年的心情

岁月都去哪儿了

学弟不相识

笑问客从何处来

苔藓依旧生于洗衣台

学子还是一样的懒

我离开时

操场边只有那棵碗口粗的树

如今已亭亭如盖

当年的女生唱着歌儿走过的操场

当年的女生嘲笑我的傻模样

如今你们都在哪儿

曾经光着膀子挥洒的球场历历如昔

清风阵阵如故

只有当年明月

相迎归来人

青葱岁月

老榕树还在那里静悄悄的

花儿还在那里静静地开

明亮灯光是青春学子匆匆的身影

总是害怕因为怠慢而受到老师的责问

现在我悄悄地回来

寻找一段遗落的时光

教室里响起琅琅读书声

多想再闻一闻那书香

听一听老师殷殷的教诲

老师严肃的脸庞我总是赶紧躲避

看似束缚重重的日子才是如此的纯真快乐

怎么想也想不明白的烦恼才是如此的可爱

那段青葱的岁月里了无牵挂

那段纯白的时光里我无所欲求

我从不曾离开过

尽管我曾经浪迹天涯

那长发飘飘的年华

不变的少年

今生缘

等不到相思人

寻不到的知己

我一个人在尘世漂泊

漂泊是为了今生缘

漂泊是为了寻找一个

散失已久的人

从故乡到他乡

从艳日到飞雪

一个人脚步匆忙

唯一不变的

是那少年多情的心

我已习惯斜阳寂寞

风风雨雨

看落花飘零

日子寻常

归来仍是少年

岁岁盛开的花

人们口中流传的传奇

以及北上远方的列车

带走我儿时的梦想

匆匆来去的人们为何

我如何才能对得起荣耀和梦想

我浪子漂泊的心

是我一生不羁的选择

我要去远方

足迹走遍江河湖海

我一一辞别心中原来的山水

行无尽止，前无止境

昨在黄山，今在吉首

愿你长发飘飘

浪迹天涯

归来仍是少年

传奇

人心不古
世风日下
这样说，由来已久

久矣，则见怪不怪
美其名曰
与时俱进

本来是网开一面
哪管，围而杀绝
成王败寇

进步归进步
礼数轻了
人热闹，心远

风度才调犹在

但人言可畏

笑贫不笑娼

这世道，花样多

奇不足为奇

唯你成为传奇

凋零的美

斟一杯浊酒
清江映月久无来人

冷清古道秋风悲鸣
独上高山看枫叶红遍

找不到一个可以说话的人
也不知道该如何诉说

凋零也是一种美
孤独也是一种享受

美酒过后是苦痛

我也知道，美酒过后是苦痛
欢愉过后是空虚
可是让我如何打发这无聊的时光
这诱人的青春以及
这空虚又无望的前途

我独自一人在外面游荡
寻找孤独空虚的心灵的慰藉
在黄昏的海边静静地深思
平静而又浩瀚的海面波光粼粼
在林间静静地默想
关于我的前因与未来
独自在楼上倾听潇潇雨声
何人来过你的梦中阁楼
何人又在你的心坎上悄悄停留
轻寒漫上爱与哀愁

寂寞灯火

人不知归处

……

漫天烟花

该是决断的时候了

漫天烟花飞舞

你的离开

就像断线的风筝

曾经的百草园

如今只剩下我一个人悄悄地来

醉卧斜阳的身影

荒草淹没来路

叫一声，亲爱的

呼吸的痛

都是曾经

爱人

岁月无声
是否有人待你如初

岁月如刀
割掉梦的花瓣
踏雪的日子，再也
找不回曾经的感觉
牵手不悔的年华
已渐行渐远
拿什么来爱你
我曾经的爱人

岁月如歌
我心如刀割

当爱已成往事

杜鹃夜啼

雨后枯枝　朦胧江月

潮汛涨起是莲的心事

你却说要走……

风景已看透

曾经那么相爱的人也会疲惫

走就走吧

就像青春想留也留不住

当爱已成往事

潇湘楠子泪，滴滴愁青丝

逝去的日子，已不再拥有

爱过的人，已离我远去

青春的年华，已不辞而别

如今的你啊，梦里可曾有谁……

爱意缠绵

如今的我啊，孤单的漂泊

思念着我们曾经相爱的日子，聊以度日

思念着那青春年华如刀割般心痛

思念着我们牵手走过的百草园，满脸流泪

是该接受生活的安排，还是另寻出路

天涯各一方，镜里朱颜改

曾经的岁月，只堪回忆

如今，还能说些什么……

潇湘楠子泪，滴滴愁青丝

致潇楠

夕照庭院，凋零秋色

落红飞翠，往昔韶华

天高云淡

日子绵绵如流水

有一种爱

相濡以沫，不如相忘于江湖

不必问起

也不要追忆

我寄一叶小舟于流水

流水流向悠悠岁月

悠悠岁月里

悠悠的事，悠悠的人

水晶帘

时事寂寂
秋去春来
帘勾又换新月

纤纤玉手
娇娇吟笑
梅子青红时

回首时间远
唯有流水悠悠
有情还无情

世事悄然
又见炊烟
相濡以沫
不如相忘于江湖

时光静好

街道上传来有秩序的嘈杂声
租住在昏暗角落里的一家人
总是很谦逊地笑
人贫穷久了，也不敢有奢望

姑娘总是从我脸上一瞟而过
我还算是一个俊朗的少年吧
请吃饭，电动车都不肯坐了
这个小车已经普及的年代

父母亲总是催婚
我总是无言以对
一个人在田野间流离
思想前程路漫漫

安静的房间

一个人的生活

静静地读诗

一如既往

闲愁

最是那一缕烟细

那一番吞吐

不用言语

坐在黄昏夕阳透过的窗边

烟来觅愁

找一个理解你的人

慢慢聊天

墙边花铺

对墙思立
我在　时光在

对墙思立
花在　季节在

后面的林子　脚下的草
旁边的榕树　树下的小学生

暖暖的时光　暖暖的回忆
一如当年的少年

我不见你
因为你是我心中永远的姑娘

无题

我错过了春秋，错过了日月

我日月兼程

只为心中那一袭最温柔的悲伤

原来时不止境，人无归处

半世飘零，奈何流浪

我匆匆而来，赶不上你最好的年华

时如流水，不见少年

我在时光里悲伤，又一笑而过

奈何岁月太匆忙

我等不到你的前世

也等不到你的今生

任花开花落　飞鸟无语

思念

炊烟袅袅

夕阳穿过田野把蔷薇印在墙上

旅人在读诗

远处的归帆

把思念装进秋风与母亲的微信

浪子在天涯

少年游

四野苍茫
旷旷如海
我登原野
沉吟而立

寥廓千里
何有境域
明明如月
光照天涯
纵马四方
抒我胸怀

远登古战场
西风肃杀，洪波决渍
狂澜掀起千秋事
胸怀激烈壮歌行

追慕英雄豪杰

临风吟咏

白衣飘飘的少年

运筹帷幄，决胜千里之外

胸藏十万兵甲而不动声色

你是志在远方的少年

不屑与庸人述说

你是身骑骏马

白衣飘飘

绝尘而去的少年

饮马长河

清流潺潺，草色丰茂

平林如暮

何处笛声乡关情

梨花庭院美人姣

我寄柔情于明月

明月陪伴你窗前

天涯路

少年游

白云悠悠野苍茫

何处寄我少年情

跨上骏马追彩云

你是白衣飘飘

纵横天下的少年

你羡慕高飞自由的雄鹰

令人躁耳的麻雀喋喋不休

雄鹰冷视一眼，飞啸而去

直上凌云端

天涯路

少年游

放纵豪情游天宇

壮我情思兮游四方

恣意情态兮泛四海

吟弄风月兮抚古今

天涯路

少年游

你是白衣飘飘

志在四方的少年

你——辞别亲人
辞别好意挽留的朋友们
你是身骑骏马
白衣飘飘
绝尘而去的少年

你决然离去时
身后家园禾苗青青

列车上

从雷州到玉林

列车晚点一个小时

我对你的思念又增加一个小时

是你青春温润的肌肤吸引我不远千里而来

是我怀念与你共度良宵的缠绵悱恻

是你细细的温柔让我难以忘怀

你青春的岁月犹如烈酒

让我越陷越深

无论谁人噘饮过

都注定今生无法忘怀

诗之少年

秋之意浓

我正芬华

红熟黄好

我心飞扬

风物正茂

清华同方

潜心十载

如水迢迢

诗之少年

志在四方

诗意年华

从故乡到异乡

从青丝到白发

你的心依旧是当年明月

浪迹天涯的少年

诗工非人力，乃天才

一杯酒

淡写人生

一支烟

诗意年华

夕阳半照湖面

年轻的你

在操场上轻轻漫步

路长道茫茫

曾经想说给你的话
已经不需要再说了

春去秋来
水自飘零

沉醉不知归途
一往情深的少年

每个人心中都有一个千百里
就像每个人都有一段青春

时光已逝
你还在江边独立

那细细的秋雨

与江水连在一起

秋来叶红叶黄

路长道茫茫

一如当年

你笑靥如花没有消退

时间与故事都写在枫叶里

淡淡的霜冷

淡淡的流水

你慵懒地梳妆

莫怨时光仓促

凭栏春光一如是

四季常青

雨

乌云翻滚

雷声轰鸣

闪电霹雳

行人匆忙

四周昏暗

好似世界之末日

雷声一阵紧似一阵

乌云压境

大雨即将来临

定又是一片暴雨蹂躏之势

紧潺潺的水流

人力车艰难行走

汽车过处，行人躲避

雷声依旧轰鸣

乌云依旧翻卷

雨，还未来……

人慌乱

青丝成雪

我平静地走过巷子

雨后的枯枝还在滴答

恍恍惚惚的感觉

时间，在哪里

风吹淡了回忆

欢笑与离别已成往昔

若即若离青丝成雪

青春，在哪里

告别天边云彩

又迎来新一天的曙光

悄无声息流逝的时光

人生，在哪里

生命在孤寂的角落依然绽放美丽

就像路边的野花依旧在绽放

就像时光，从我们身上溜走

日日如此，时时如此

小小的日子

宫商角徵羽

公侯伯子男

生旦净末丑

古时琴声古时戏

悠悠青草，悠悠离别

那时等待是一生的等待

那时的承诺没有人怀疑

那时的人总是认认真真地思念

遇见的人也少

有你就以为有了世界

我的世界里只有你一人

小小的日子长长的等待

月 光

皎洁的月光

照在水中央

披荆斩棘

又来到我年轻时的地方

静静的湖水

静谧的树林

古老的木凳

诉说着曾经的时光

皎洁的月光

照在水中央

又来到我年轻时的地方

静静地追忆往昔的时光

皎洁的月光

照在城中央

美如往昔

可不见我心爱的姑娘

姑娘啊，美丽的姑娘

如何追忆我们往昔的时光

皎洁的月光

依旧照在城中央

如今世事沉浮

我依旧回到我们曾经相伴的地方

追忆我们的往昔时光

头上依旧是当年的月光

皎洁的月光

依旧照在城中央

皎洁的月光

依旧照在水中央

如何追忆往昔的时光

追忆我们的青春时光

皎洁的月光
依旧照在城中央

如何追忆曾经的时光
追忆我们的青春时光
皎洁的月光
依旧照在水中央

爱

岁月刻在墙上
容颜留在心里
你的身影渐渐远去
我的心越来越清晰

我爱时光暖暖悠长
我爱你的祥和恬静

我爱你的皱纹
爱你皱纹里深藏着故事

求索

我登上高山，凭吊青春

走进田野，思想来路

深入林间，寻找爱情

在荒凉广阔的坟地间

思考生命的来世与归宿

在湖边静静的沉思

人世的意义

我见过收获的秋天

那一片茫茫稻谷金黄

见过农夫憨憨的微笑与汗水

孩童在收割后的田野上嬉戏

还有在村头路口等待归人的村妇

我也看见过春天的江面微泛烟雾

料峭的春寒中微颤的萋萋芬草

还有姗姗而来洗涤家什的新媳妇

阿伯送走到远方读书的阿哥

那是对生活沉默又强悍的回应

我只是原野上自由奔跑的孩子啊

阳光　空气　辽阔的大海

无忧无虑的日子

对远方热烈的狂想

我愿做浪迹天涯的浪子

大学时

那如水华年

暗恋过我素不相识的人

你的背影

是夜色阑珊后我独自的悲吟

皓月长空

何处寄托少年的情思

你飘飘的衣襟

我点点的眼泪

在无人的校园里呜咽徘徊

一如既往地孤独

一如既往地无人知晓

如今我这漂泊的浪子

走过多少的山路

多少日夜的坚持与等待

我独自彷徨，忍受人世的悲伤

犹如孤独的石匠

在悬崖上开凿石壁

我的世界还未有人能够深入

在这繁华的世界

有谁能听到我呜咽寂寞的诉说

一片江月白茫茫

伤逝

不要说时光悠长

日子细如流沙

不要说长风秋水如过隙

青春不再来

你白衣飘飘的年华伫立湖边

在等待谁人

雨飘零，细湿黄昏路

你披单衣，在寒夜里摇曳

在昏黄孤灯下细读诗经

一千年前的风雨飘零

是否换来今生的爱情

你不来，海雨天风

雾气朦胧看风景人的眼睛

江湖秋水，时间又一秋

轮回在季节里变化

你依然一人在窗边

倾听遥远笛声，陷入思绪

你依然独自一人

在雾霭朦胧的秋水边迷茫忧郁

山是山，水是水

山是山，水是水

来时来，去时去

缘聚缘散

梦里梦外

莫道不伤怀

不道再见

你也要珍重

铅华洗尽

风景已看透

天色阑珊月依旧

背影

多年不见的情人

在异域他乡重逢

你的背影

我曾经熟悉的身影

转了千百回的山

看了千百回的水

原来我才知道

每个人都是不可代替的角色

每个人生都是一个故事

直到曲终人散

每一天都是唯一

无题

当冰川消融的激涌

秋雁带走无端的惆怅

天地轮回多少个春秋

我那来路惨淡的足迹

葬送了多少沧桑的青春

如果还有什么值得你爱

请相信我那忠贞不渝的感情

等待冬天尽头的那一片春光

莫伤怀

登临高山，远眺四野

凡夫俗子，噪声嘈耳

可笑矣，安知鸿鹄之志

滔滔日月，四时如轮去不休

我欲仗剑走天涯

乘清风月白之夜游太虚

语出惊人庸辈笑

何人知我心忧

坊间少女勤侍酒

自毁身段赚小钱

卞和泣玉愚不知

风流不需向人道

世艰难，知音稀

少年心，莫道愁

玉液伴明月

佳肴又清宵

与君同醉去

众人笑我痴

我心有白玉

冲破蔽云会有日

扶摇直上青天上

赢得美名天下传

邂逅

每一张相片
都是一段时光
每一张相片
都有一个故事

下次
我是否还会登上同一趟列车
遇见同样的你

下次
我是否还是同样的我
是否还是同样的心情

在心中把你默默地惦记
为你默默地准备
还没有说出口的情话

子规夜啼

一无所有的岁月里

你又曾拥有一切的自由

孤单寂寞的时光里

你内心又时时响起你所向往的声音

你在雨夜里思念

在秋天里独自徘徊

那无望又无知的前途

你屹立在荒芜的田头间迷茫忧郁

我爱你的心

从未曾有过半点的怀疑

长途与美梦

独自忍受风雨飘零

时日寂寂

形单影只

子规夜啼

东风不回

向别人问起关于你的消息

（重回大学问起关于DN）

我偷偷地回来
向别人问起
关于你的消息

我轻轻地向别人提起
生怕别人看透我的心思
那心思里藏着忧郁与甜蜜

我轻轻地谈起往事
有意无意勾引别人的话题
套出关于你的只言片语
心中藏着浅浅的忧伤

我满怀感慨与唏嘘
轻轻地走过我们曾经的路

黄昏一样的迷人

如今的我们在时光里走失

曾经的我们青春年少

相依相伴，看烟花飘落

夜凉如水，是你如水的容颜

我偷偷地回来

看看过去的时光

我偷偷地回来

向别人问起关于你的消息

恰水流花

我曾流连春花盛开

流连夏雨滂沱，池塘水涨莲花

是你要到远方去看看的心事

或是悲吟秋风，放荡天涯的侠客

或是黄昏时刻沉思

面对日夜奔流的江水

人世如浮萍，时如过隙

但爱人的心从未向人提起

你可曾在闺房里忧郁

那惊鸿一瞥间相信旷世情缘

在梦里，在雨夜时转侧难眠

我辜负了青春，辜负了光阴

我背负太多的悲伤与孤独

走那么远的路，拒绝那么多的人

原来是为了来这里见你

寂寂客舍，青青柳色

我不是归人，是漂泊的浪子

我寂寂然走过崎岖的山路

也曾分享过早晨的阳光

我这个漂泊不勒的人

像风一样的生活

像风一样的人生

过往的事像过眼云烟

飘散在风里

唯有爱情与诗歌令人向往

我一路无前，只为抛弃

那日复一日的庸俗生活

我要向庸碌无知的人们忠告

如果你不知道生活的意义

你一定要知道死亡的意义

我以行动走出一条属于自己的道路

但爱，又何曾向人提起

唯诗如歌

当年的我一无所有

当年的我囊中羞涩

谢谢你，你像神一样在我心中存在

抒发柔情，抚我心伤

也只有你了

孤独飘零的人

在荒野上流浪

诗歌，少年

人世寂寞与繁华

我总是默默无言

面对冰冷的河水

春光又明媚

我还是满怀忧戚

一个人在荒野上流离

孤独的人在流浪

诗歌，少年

与雷一中新校区学子相谈

我慕君年华

君慕我自由

梦里桃花落

笑靥丛里花

自由会有时

青春不再来

世事风中草

茫茫未可知

我如风中栗

一事无所成

驱车返归路

离离泪满脸

梦想兼年华

无可寻觅处

117

安好

清清白桦林

寒烟淡秋色

白鸟绕江浦

炊烟起

农田忙碌的人

远处飘来的歌

引楼上的人驻足

生活如诗

静静地在心间流淌

日子细如水

你安好

爱如当初

爱我所爱

驱车到海边看落日

来来往往尽是陌生人

人们要走进彼此的内心实属不易

你不理解我的忧伤

我也无法理解你的快乐

每个人内心里都在独舞

如此

那就爱我所爱

风

苍茫的风

吹过芦苇与大地

吹过沉默的山冈

吹来季节的变换

吹淡回忆与岁月

也吹淡了生死

曾经逝去的日子

也随风飘远

不知如何说起

还好

我手中还握有你的物件与信笺

不至于一无所有

飘零雨

谁来指引我的前路

谁来抚慰我的忧伤

我飘落在旷世无涯的人间

犹如莲花孤世而绝立

交加缠绵的秋风秋雨

谁伴我在飘摇中独立

校园上空飘荡的歌声

忧伤少年柔软的心

萧萧瑟瑟的秋风

沙沙作响的树叶

何处不起愁思

何处不惹柔情

你伫立在秋水边

沉思过往的人们无从觅处

前路苍茫又悠远

天已暝色

人不知该往何处

烟雾迷蒙

暮色中的少年

无处安放的忧郁

落花

莺飞草长

烟花纷繁江南

你的心

就像丰盈的三月水

清冽还难以靠近

我在湖边徘徊

等待

冰凌消融

西湖风雨细

伫立黄昏

我的心

戚戚又怯怯

等来的

却是你和他的消息

东风败

落花残

人零乱

择一城终老

我最爱这家宾馆

临海听风

椰林与海涛声在诉说

生活的宁静与变迁

有些人老了　离开了

我躺在藤椅上沉思

自己一直以来走过的路

山村里放牛娃，家乡的教师

浪迹天涯的浪子

我完成我该完成的

日落大海，清风如常

来往的人都似曾经

不知该说些什么

浪迹天涯

择一城终老

观徐悲鸿《奔马》

国家啊，崛起

人民啊，醒悟

青年人啊，拿起枪，走向战场

为了母亲的眼泪

为了屈辱的冤魂与生灵

让我们的血肉与敌人共亡

让我们的尸骨与祖国永存

为了让孩子在母亲的怀里

自由地吸吮乳汁的芬芳

祖国啊，崛起

人民啊，团结

青年人啊，拿起枪，冲锋陷阵

该是为国捐躯的时候了

嘹亮的角号吹起

勇士们啊，奋勇直前

让日寇有来无回

勇士们啊，奋勇直前

把日寇就地埋葬

为了国家的希望

为了人民的尊严

让自由之花开遍祖国大地

观徐悲鸿《奔马》

归来

风雨如晦
暮雨萧疏

我悄悄地回来
寻找刻在校园墙上的字
寻找少年

当年的你们呢
风无语，雨无声
落叶人寂寞

无题

人事都寂寞

不如归去

且听风吟

开阔的稻田

逝去的先人

还有我向她表白

那个吟笑的姑娘

佛徒阿难化身为桥

还有你，寄行千里

乡音不改，憨憨的笑容

教人"生"字如何做

不说思念

也不要提起

无知无罪，没有春秋

129

冬日黄昏

有的人骑车离开了

有的人轻轻地走进来

有的人总是在固定的时间里出现

例如那些打篮球的人们

难得的暖和令人惬意

金色的夕照洒满大地

同事们没事也要聊上几句

然后回家忙自己熟悉的事

六年级学生还在上课

校园开始变得安静

达人们出来比画大局

风景如初

暮冬江南草木如旧

这满地的，绿得令人欢喜

我一个人在树下独坐

仿若当年

黄昏的校园

静悄悄……

风从何处来

风从何处来

吹过荒原，吹过原野

吹过陆地与海洋

吹过渔夫的帆船与山冈

吹走了小伙子的梦想

吹凉了姑娘的心

从何处吹来的风

吹皱了奶奶的脸庞

吹走了时光

从何处吹来的风

风下的禾苗在茁壮成长

郊外

独立郊外

突然想起远方的友人

不知该打电话问候否

天蓝云静风清

火车从田野间开过

带走漂泊的心

我太想念你了

多少凝望与等待

情话都是说给无关紧要的人

一事无成

只好多留点时间给自己读书

日日的日子

日日行过的路

神秘与距离留给别人遐思

我爱你

从未谋面过的人

无题

穿过荒无人烟的原野

穿过千百里距离的远方

江水已逝

唯我独留

落日桃花映红你的脸

炊烟袅袅你莫要留恋

我已抉择，天涯孤旅

我要让时光无悔

让滚滚江水没有白流

让青山不再感到寂寞

让远方不再是远方

我在沙漠戈壁间回望

夕阳如血

青春，青春

执着

这个喧闹的世界

欢笑与媚俗同样绞轧人心

唯你对理想的执着如莲花般纯洁

你寂寂然走过山路

喝过异乡甘冽的泉水

回望漫漫山河落日

无论是在异乡的路口等待

还是在旅途与旅人告别

还是在校园里独立伫望

你心中的世界从未向任何人透露

你一直伴随理想在路上

追求那片刻的温柔

以慰藉心中漫漫的孤独

没有人比我更爱你

我知道你分量与才华

尽管你一路孤独与飘零

昔我来时

昔我来时，青春洋溢，不忧前程
今我来思，时雨霏霏，不是当年

乐者忧者，时过境迁，我心悲伤
誉我谤我，世事渺渺，无可寻迹

何有何失，我悲白发，时不我待
无酒无伴，我独远行，四海飘零

今我来思，时雨霏霏，爱如少年
今我来思，时光已逝，爱如当年

137

爱在

像秋叶飘落
我也是偶然经过

像雪花飘零
我也是偶然经过

我最好年华　你不来
你最好年华　我不在

岁月悠悠淡淡
流水细细柔柔

冬去春来，候鸟南飞
日子淡若流水

淡到你不知世上还有一个我

淡到我不知世上还有一个你

你不来　我怎么敢老去

你不来　我以为日子就是这样

故乡

风烟四起

收割后的田野

光不溜秋的孩童在水井边嬉戏

八哥在树上叫

通向远方的路

爷爷脸上淡定的笑容

一个村庄的宁静

多年后

你游历四方

故乡是心中的画

日静　读诗

世上真有你这样的人

你从不向人
说起关于爱的故事

也从不向世人迁就
一如既往地平常

你的爱情
是梦中阁楼
江畔暮雨笛声里的忧伤
秋来闺房锦衾不暖的思念
边塞号角
铁骨柔情
揾一把英雄泪的悲怆
唐诗宋词里的春怨

这繁华世界

生活在世俗里的隐者

世上真有你这样的人

知音

枯枝已覆绿荫

秃山已成绿洲

候鸟也已南归

那摔坏的琴啊

你定要我明说

你才会明了

我冷冷地望着远方

望向人烟稀处

望穿人世冷暖

你总是没有到来啊

扶我在零乱中

扶我于萧条处

我不怪江水无情

我不怪人言生冷

我已习惯在人海中独自飘零

少年

早晨　静

云沉　田阔　风大

数滴雨　更寥落

干净的路　惨惨淡淡

风景

像少年时看过一样

红颜

还是一如既往在远方

你是少年啦

又没人陪伴

别人也不懂你

一个人在自由地流离

别人都说时间紧

时间紧吗

一事无成的人也说时间紧

还忙碌得煞有其事

她的表情里

藏着她曾经的俏俊纯真

可是遇不着像我一样的人，多可惜

现在日子也是柴米油盐了

五月了，花瓣随风曼舞

多像我的青春

青春是不分故乡与异乡的

少年　少年

佛说

我本是佛祖面前一片莲花

因缘摇落到人间

寻找我前世的情缘

也不负今生的修行

我在秋水莲花间修渡

成为风度翩翩的男子

欲问五百年前的因

欲问五百年后的果

谁人从我修搭的桥上经过

秋到黄叶飘

秋风细

蜷缩在窗台上的猫

望向秋天的街

你一个人潜伏在街口

慢慢地消磨过去的烙印

熟悉如初，却已成往昔

秋意阑珊

街头人潮涌动

一段活不太久的爱情

你要离开

秋到黄叶飘

故事不重来

秋日田园

平静的田野燃起秋后的干草

远处响起孩童们玩耍的叫喊声

我的周遭是一片宁静和苍凉

夕阳西下，暮色如烟

我站在空旷的秋田间沉思

在那苍茫大地上更替着萧寂与希望

随着炊烟四起的祥和平静

那是逐渐宁静下来的乡村

延伸向远方的路通往何处

码头汽笛声是归来还是送别

母亲总是不肯让我到山的后面去

勇敢的孩子们跟着大人捕鱼归来

月夜归来的渔歌

响彻在无眠的孩子的脑海里

是月夜勾引少年，还是

少年爱在月夜下编织美梦

我的思维穿过墨绿色青山

穿过家乡宽阔的海洋

飘向远方的码头和田野

还有远方生活的人们

我走的道路是无人走过的路

是父辈们无法理解的路

孩童时的畏怯，同学们的嘲笑

老师记忆中没有印象的孩子

浪子归来

云雀在天上

我走在自由的道路上

列车经过的地方

我远眺我的大学校园

我终于像大学时所想的那样去流浪

为了梦想，为了远方

我走上自己想要走的道路

西北的小麦正黄

干风吹过光秃的山

为什么有的人如此生活着

而江南禾苗正青

风吹椰林

听涛入梦

湛江，你好

浪子归来

回得来是浪子

回不来是乡愁

月如水

孤月，农人

熟悉的田野

无人理解的少年

你来了

穿越春秋

拥有这一山一水的寂寞

这世界都是你的

风月都是你的

少年

无题

花铺娇红鲜艳

孤鸟飞过寥廓天空

道路冷冷清清

无事还惆怅

一个人伫立在栏杆边

直到黄昏

无题

苦涩的现实

像鞭子一样抽打我的心灵

所谓的希望，在嘲讽中飘零

落在心底，又开出美丽的花瓣

我在风雨中孤伶等待

等待的

只为那片刻触碰心底的温柔

至少还有你

在默默之中让我感到自己的存在

谱写出我内心细腻复杂情感的诗篇

以诗为歌

这么多年了

我一直在你的周围潜伏

长风催迫

我从未告诉别人关于我的身世

我隐忍太多的东西

都当作命运对我的恩赐

我一直尝试着努力去靠近你的灵魂

以抚慰我潦倒而又羞怯的心

唯有以诗为歌

我终于明白

我为什么千里迢迢而来

千百里山与水

千百里情

秋夜

我只不过是沿着前人的足迹走下去
热闹的人们不知是否欢心

一双布鞋，一个包裹
一颗游子赤诚的心

谁先拥有地平线上的太阳，谁先拥有希望
普天同庆，万乐同杯

你还是像蚱蜢一样勇敢，游子
你从来不担心家在哪里

秋夜，是慈母的望眼
秋夜，是游子思乡时
秋夜，流浪人在读诗

烟花时节

我伴秋风而来

走进你如水的岁月

那时花儿静静地绽开

我来时，时间正好

正是你最好的年华

正是烟花浪漫的岁月

从不曾知道时间的流逝

从不曾感到年华的烦恼

沉醉烟花弥漫的季节

江南草长，碧绿欲滴

一起牵手看斜阳落日

任荒草淹没来路

晨曦醒来

少年独自忧伤

人世如浮萍

如今我来

了无踪迹

只有初春小雨

天没荒，地没老

春风之前的春风的春风

还未分时令的春风

吹过湖畔初看月的人

吹来了时光

种子里的种子的种子

还未有名称的种子

带在祖先口袋里，代代相传，代代相传

相传有了今天的希望

还未分宗氏的宗氏的宗氏

说五百年前是一家人

五百年前的五百年的五百年

是江畔初看月的人

愿我们的爱情是不说永远的永远的永远

三月的春风捎来你的信

我满心欢喜

如今打开它

依然是一股浓浓的爱情

春天，你好

不是春天无望的田野
但不期盼没有归来的人
春天，你好

不是不思念爱情
但不等待不归来的人
春天，你好

不误良辰美景
但我不追忆逝去的年华
春天，你好

举目风烟
又是那个白衣飘飘的少年
在江边伫立凝望

161

一望无际碧绿的田野

那是我欢欣鼓舞的心

还未曾向你启齿的浓浓爱意

什么时候告诉你

那就在碧波荡漾

燕子欢飞时

你不懂的柔情

才子文弱

将者多刚

浪子多情

行者无疆

我只愿做

在你未醒来时的床头

放上一束鲜花

头也不回的露水情人

唯有思念才有情长

唯有缺憾才会铭记

浪迹天涯的浪子

骑在马上的诗人

傻性难脱

一张庸俗的脸

还装模作样自命不凡

底气就是上学时候成绩好

成绩好，样样都是好的

次次考试都说明你是非凡的人

以后样样都一定比别人好

数理化学得好

老师长辈们眼中优等生

自小就在期盼与厚爱中成长

横惯了

神坛下不来

傻性难脱

甘蔗园

成熟的甘蔗园

是大地的衣裳

绿绿的椴树林

是儿时的伙伴

妈妈讲的故事

是代代相传的故事

收割后的甘蔗园

是母亲落寞的身影

站在傍晚的田头

无可归处的人

我站在母亲身边

有着不可告人的秘密

我要做远方的游子
背叛了那片甘蔗园

少年

暮色风烟渐隐

一山一水的温柔

红颜在梦中

你四海为家的心

要随风飘散天涯

无意的少年

任人间繁华

万家灯火

牧野湖光

你只合一人流浪

少年

往事

穿过街角转弯处

又遇见熟悉的人

风吹在身上，感觉如初

我们笑着说起曾经的往事

轻轻地飘荡在风里

随风远去的日子

回忆宛若昨日

风吹在身上，感觉如初

我们暂且忘记目前的烦恼

笑着说起曾经风中的年华

那时的你笑靥如花

那时的你年华如梦

那时的我们轻轻漫步过青草园

我们笑着说起

曾经一起走过的日子

曾经的往事
在风中轻轻地飘来
我们笑着说起往事
那无忧无虑的年华
风吹在身上，感觉如初

流年

以前
爷爷的棉袄
补了又补

奶奶坐在门前絮语
伯父回来的日子

作为孩童的我们可高兴了
伯父回来就有肉吃了

曾经长长的日子
转眼间就变成了回忆

往昔岁月如流水
春花明灿如初

烟花炮声里

静静看流年

烟花易逝人易老

看把今年作当年

新年又来了

风烟举，四野宽

春回大地

北雁也南归了

叶子嫩绿得令人欢喜

刀郎沙哑的歌声

世界离我那么远，又那么近

农历新年又要到了

形形色色的人都回来了

又觉得自己是一个落后了的人

一无所有

可我觉得自己是那么的亲切

与世界，与大自然

读了一天的诗

一个人到西湖边独坐

看黄昏落日

这是我一个人多年的生活习惯

又逢牧羊人赶羊归来

幸好月亮上来了

月光静静地照着湖面

与街道的热闹无关

但街道是一天比一天更热闹了

热闹中蕴含着某种喜庆

我一个人穿梭在热闹与宁静之间

安静而孤独地生活

我选择的生活

新年又要来了

街道栅栏洗刷得干净

路上行人车辆明显多了起来

人们脸上都带着团聚与收获的喜悦

可是我还是一无所有

骑着电动车走街串巷

为了理想，颠沛流离

日子一天天地过去

秋叶又春芽

周围的人过得自足安逸

我警惕自己不要沉沦

五点钟的天空

半夜的孤灯

一个人在窗前思索良久

我常常能听到内心的呼唤

我知道

有一天我是要远走他乡的

尽管多年来

一个人的生活

一路的孤独与辛酸

风里花开了

午后阳光
缓缓照着大地
爬山虎爬满的墙

我拉着你的手
走在无人的小道上
风里花开了

午后阳光
缓缓照着大地
陌上的小碎花

你倚着我肩膀
鸟儿在枝头叫
风里花开了

默然

岁月春秋都过去了

你着单衣伫立在秋风里

旷世无期的等待

终归是一声叹息

情如流水，世事匆忙

苍茫芦苇

梦中少年

你依然在夕阳里独立

盛世如你

你在人群中伫立

犹如一株水莲

怀着无人知晓的心事

欲诉又止

杏眼轻敛

一丝哀愁

犹如秋风中水莲

绝世又独立

盛世如你

忧伤也如你

城如海，我如流沙

千家灯火

流光溢彩的街道

我在公交车站旁，不知去往何处

城如海，我如流沙

不经意间想起远方的你

在宁静的清秋早晨

你的笑容定格在我的记忆里

那一刻，远走他乡的人

把思念留在心里

回忆往事

不由得轻轻地吟笑

在这陌生的城市

让人感到些许温暖

黄昏夕阳下

你的裙子在轻轻地飞舞

宁静的秋夜

月光沐浴你的窗帘

淡淡的忧伤

我们何时才会重逢往昔时光

归来吧，我的恋人

在三月离别的车站

我要重牵你的手重走曾经的桥

重温往昔时光

在这月光如水的良夜

天地春秋，我独往来矣

乌云半遮的人民广场

鸽子在自由飞翔

微光里昏暗的树影

人们在暮色中散去

偶尔传来

凄厉的鸣叫声

撕破黑暗中的宁静

在这一无所有的六月

我穿过一巷一巷的宁静

远离有序生活的人们

在广场的角落里

遇见自己的从前

依稀而上的灯

连续不息的车流

风中无名的花

独自在摇曳

我一无所有

独自沉吟

我与花丛在一起

我与江流在一起

我与星辰在一起

天地春秋

我独往来矣

这一年

春花开得特别早

夏天的蝉鸣得特别长

日子比往常更闷热

相约在阳朔见面的小X却没有来

我一个人走过几条热闹的街

落兴而归

有些事

该是要发生的时候了

只愿一生爱一人

可我从来没有去过争取

我知道这不是我想要的生活

一个人远涉江湖四海

十八年了

该是向别人敞开心扉的时候了

我一个人来来往往的足迹

183

且去
游吟

夕阳照过的校园

地上银白的花

黄昏吹来的风

风里花开了

184